威利在哪裡？這本書屬於：

_____

_____

嘿！威利迷們，這五個勇敢的旅行家出現在每一幅場景裡。你能找到他們嗎？

奧德　　白鬍子巫師　　溫達　　汪汪　　威利

在每一幅場景裡，這些旅行家還掉了一些重要的東西，你也能找出它們嗎？

威利的鑰匙　　汪汪的骨頭　　溫達的照相機

白鬍子巫師的神祕卷軸　　奧德的望遠鏡

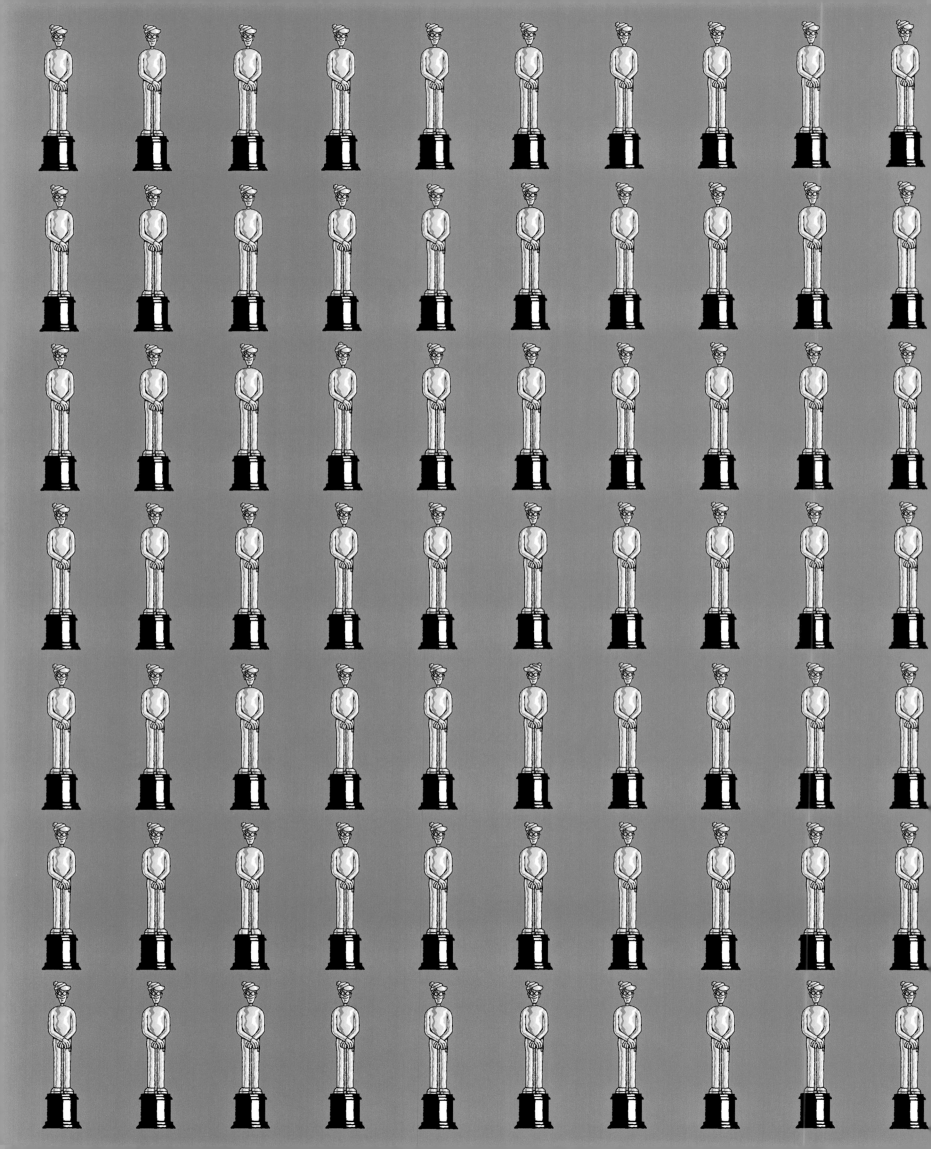

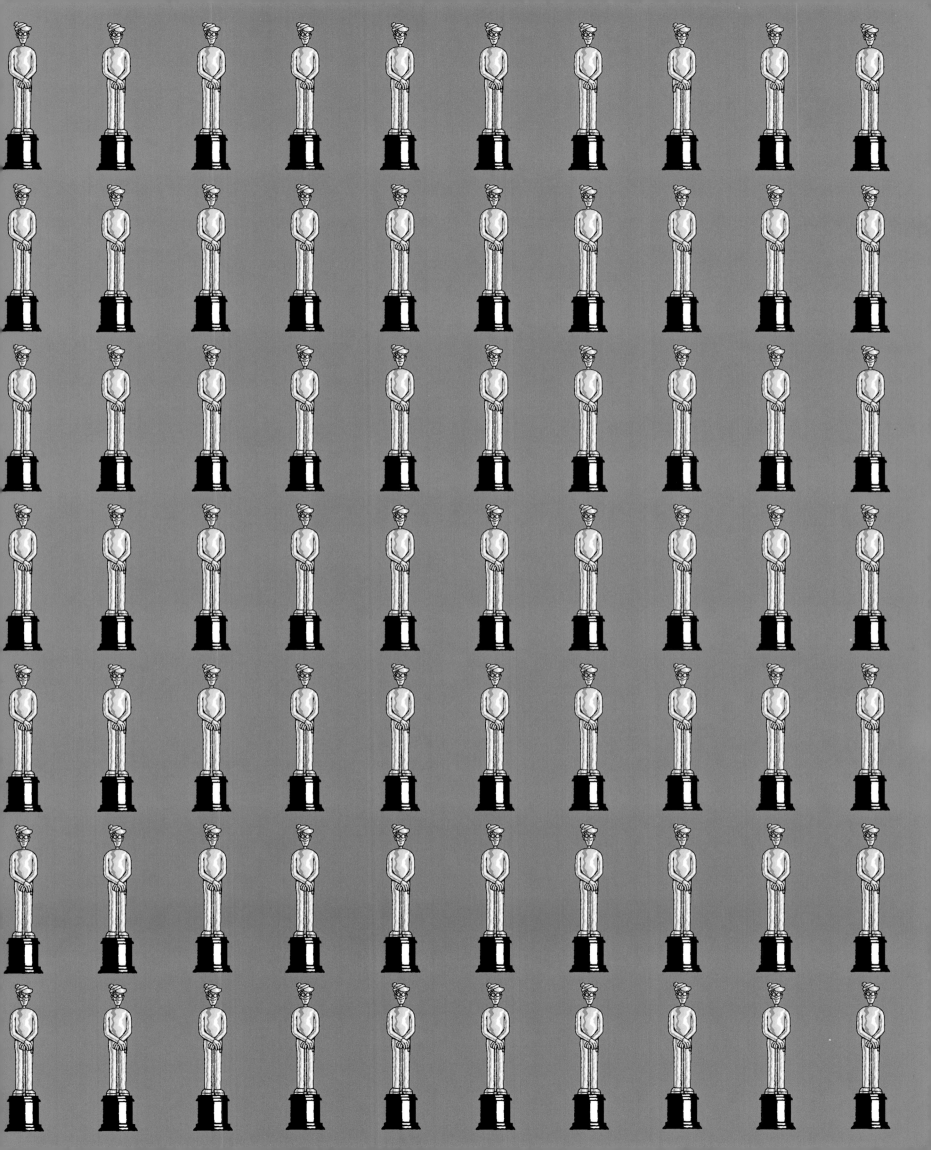

獻給　伊麗莎白、麥克、
史提夫、艾迪和泰瑞

感謝他們所有的
幫助和鼓勵

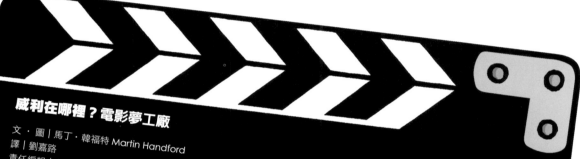

威利在哪裡？電影夢工廠

文‧圖｜馬丁‧韓福特 Martin Handford
譯｜劉嘉路

責任編輯｜蔡珮瑤　協力編輯｜林慧雯、吳映青
美術設計｜蕭雅慧　行銷企劃｜魏君蓉、高嘉吟
天下雜誌創辦人｜殷允芃　董事長兼執行長｜何琦瑜
媒體暨產品事業群
總經理｜游玉雪　副總經理｜林彥傑　總編輯｜林欣靜
副總監｜蔡忠琦　版權主任｜何晨瑋、黃微真
出版者｜親子天下股份有限公司
地址｜台北市 104 建國北路一段 96 號 4 樓
電話｜（02）2509-2800　傳真｜（02）2509-2462
親子天下網址｜ www.parenting.com.tw
讀者服務專線｜（02）2662-0332　傳真｜（02）2662-6048
客服信箱｜ parenting@cw.com.tw
週一～週五：09:00~17:30

法律顧問｜台英國際商務法律事務所‧羅明通律師
總經銷｜大和圖書有限公司 電話｜（02）8990-2588
出版日期｜ 2014 年 10 月第一版第一次印行
　　　　　 2024 年 7 月第二版第十次印行
定價｜ 350 元　書號｜ BKKTA033P
ISBN｜ 978-986-93179-6-2（平裝）

訂購服務
親子天下 Shopping｜ shopping.parenting.com.tw
海外‧大量訂購｜ parenting@cw.com.tw
書香花園｜台北市建國北路二段 6 巷 11 號
電話｜（02）2506-1635
劃撥帳號｜ 50331356 親子天下股份有限公司

立即購買 >

WHERE'S WALLY?

威利在哪裡？

電影夢工廠

馬丁·韓福特 著
Martin Handford

劉嘉路 譯

美夢成真

哇，各位威利迷，我真的來到好萊塢的電影夢工廠了，我一直夢想著來到這地方！這裡真是棒透了，到處有人在拍電影！真好奇他們在拍什麼，在這兒可以看到導演、演員，以及許許多多的臨時演員，還能看到幕後的製作過程呢！呼，不知道我會不會在哪部電影裡露臉呢？

★ ★ ★ ★ ★ 你在電影夢工廠要找出什麼？ ★ ★ ★ ★ ★

各位威利迷，歡迎來到電影夢工廠！當你跟著威利走過一幕又一幕的電影場景時，請找出以下這些人和事物。

★ 不說你也知道吧，首先要找出威利在哪裡。

★ 接下來要找出威利的忠心小狗汪汪。記住，你只能看見牠的尾巴唷！

★ 接著再找出威利的朋友溫達！

★ 天靈靈地靈靈！現在要專心找出白鬍子巫師。

★ 唉唷，討厭的傢伙奧德出現了！

★ 看清楚這25個威利迷，他們每個人在最後一個場景前只會出現一次唷！

★ 都找出來了？真厲害！接下來找出一個角色，他除了在最後一個場景沒出現之外，在其他場景都會出現喔。

★ ★ ★ 任務還沒完成！還有很多東西等你尋找呢！ ★ ★ ★

請在每一個場景裡找出這些被遺失的東西： 威利的鑰匙
汪汪的骨頭　　　溫達的照相機　　　白鬍子巫師的神祕卷軸
奧德的望遠鏡　　　一捲電影膠卷

★ ★ ★ ★ ★ 還有好多好多東西等你來找唷！ ★ ★ ★ ★ ★

右頁的牆面上有四張海報，它們是威利接下來會去參觀的電影拍攝現場，其中的部分場景，請找出它們各出自哪一部電影，接著，再比較看看海報和電影場景有什麼地方不一樣。

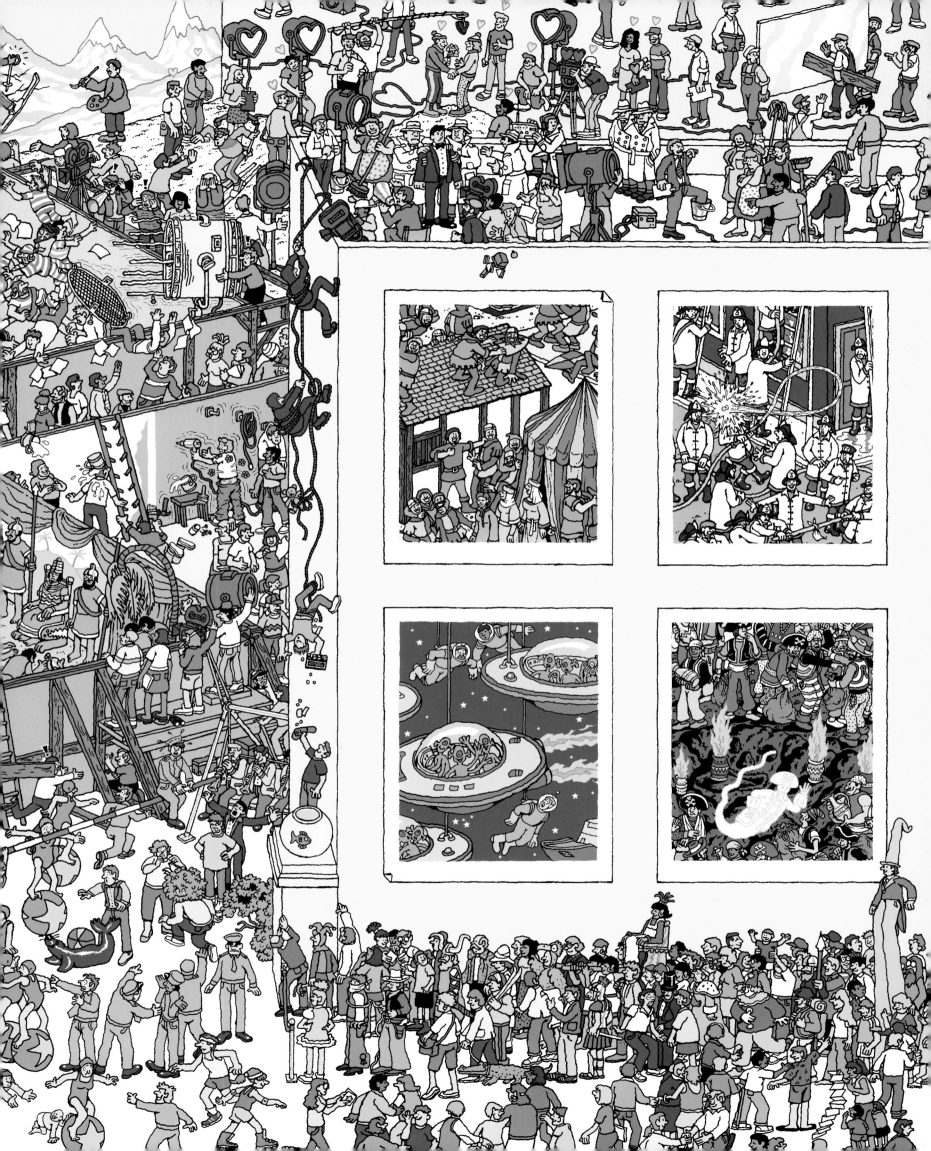

噓⋯⋯，這裡在拍默片

第一場電影夢工廠巡禮就從黑白畫面的默片開始吧！這裡拍的故事既誇張又好逗趣，要在這些搞笑的場面中正經八百的演戲，真是不簡單！瞧，整個片廠到處上演著「意外」！還好，沒有演員真的因此受傷啦，不過他們常跌得灰頭土臉。

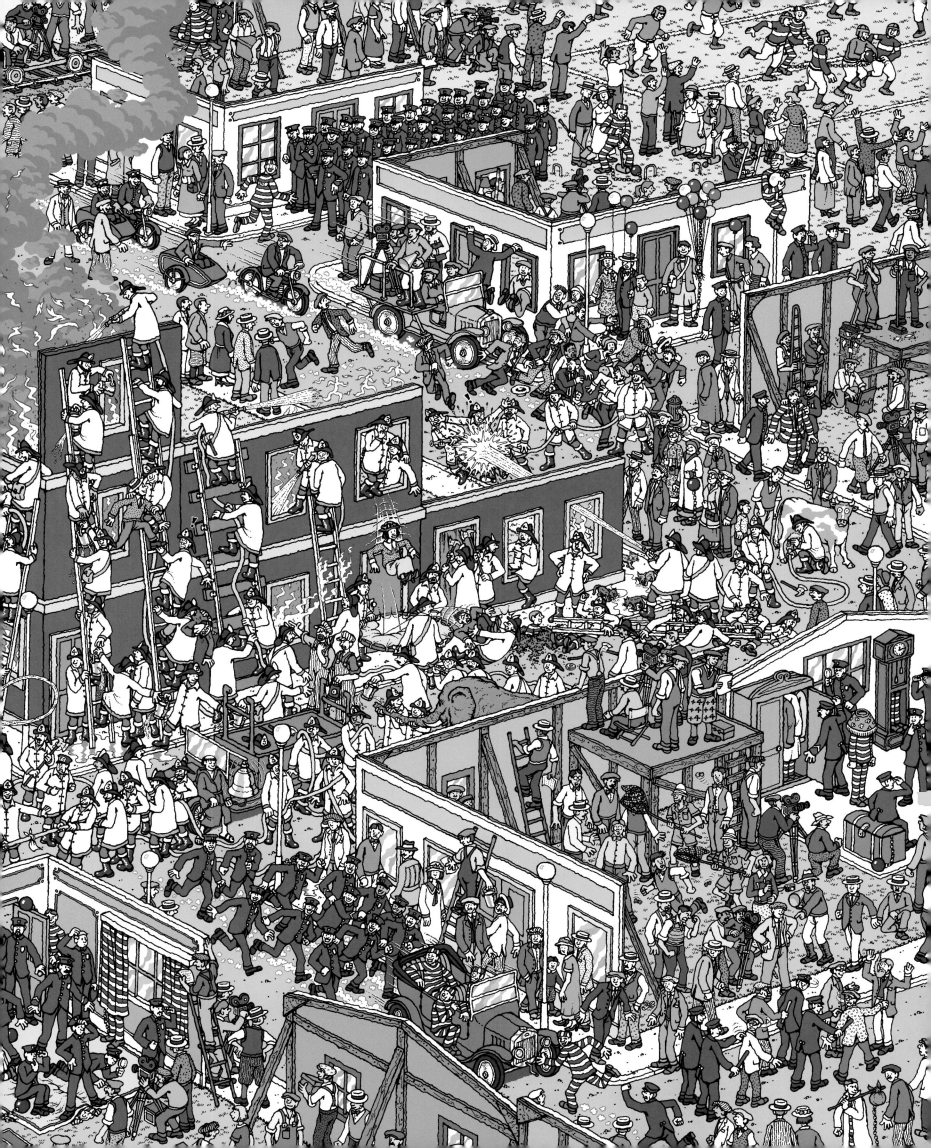

特洛伊城裡鬧翻天

大家看哪，這場景有多壯觀！氣勢真是磅礴呀！不過我很納悶，特洛伊城的居民為什麼沒猜到木馬裡藏了滿滿的希臘人呢？還有啊，木馬那麼高，他們是怎麼讓它通過城門的？特洛伊人的涼鞋穿起來似乎不怎麼舒服，如果道具組的人要我穿上，我一定會拒絕！

載歌載舞的表演盛會

你看過這麼驚人的音樂劇場景嗎?嘹亮的歌聲和音樂聲,絕對可以震聾耳朵呢。這艘音樂戰艦肯定需要有人來好好指揮。不過,可別只顧著歌聲和舞姿,儘管整個劇組的演員都沉醉其中,節目還是得繼續進行呢。

海盜洞穴奪寶大作戰

威利迷們，有沒有發現在這裡搶奪寶物的海盜超多的啊！擠得洞穴裡水泄不通。在這一大堆看起來價值連城的物品裡，其實有很多是根本沒有什麼價值的小東西。舞台中間有嚇人的鬼魂，還有想要偷東西的海盜在旁邊虎視眈眈，電影導演一定覺得很頭大。希望他有點石成金的能力！這混亂的場景看了都讓人害怕呢！

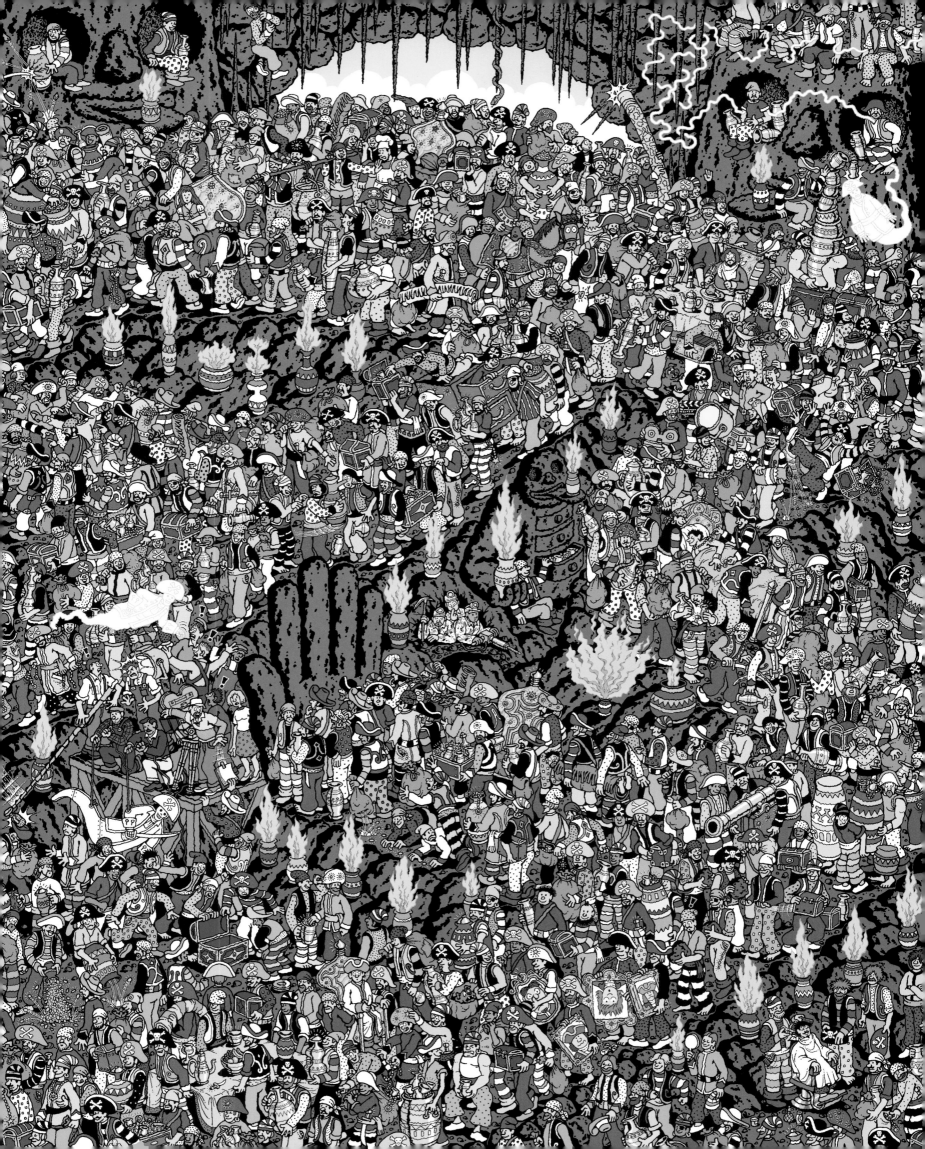

神氣活現的神劍客

「人人為我，我為人人！」咦，這不是三劍客的座右銘嗎？看看這些混亂的場面，你能找到在跟紅衣侍衛打鬥的三劍客嗎？看著各種神氣活現的打鬥場面，我還真好奇攝影師要怎麼捕捉到全部的畫面呢！

紅毯上的電影明星

哇，威利迷們，這裡真是星光閃閃，鎂光燈閃個不停呢！我參加了一部電影的首映會。明星們前來觀看這部電影，群眾卻是來看這些明星。看看那一輛粉紅色的加長型豪華禮車，和電影明星真是相配呢！後頭又是誰搭乘骨頭裝飾的禮車出現？真實的金剛看起來是不是比牠在電影上更和善呢？

威利表演歌舞秀

哇，這場面真讓人眼花瞭亂到說不出話來！威利迷們，在這裡唱歌和跳舞的全由我和我的朋友們擔綱演出唷。看看有多少演員裝扮成我，再瞧瞧所有的汪汪、溫達、白鬍子巫師！也別忘了奧德！你有沒有注意到，道具組的人把幾位演員的衣服弄錯了呢？不過，你可能還是沒辦法在這當中找到真正的我，以及我的四位朋友。讓我給你一點提示吧，我拿了某樣東西，準備要送給汪汪，而真正的汪汪只會露出一條尾巴。真正的溫達手裡拿著照相機，真正的白鬍子巫師頭上戴的帽子歪向左邊，而真正的奧德手中則拿著一根楊杖。

還有一件事情。我參觀每個場景時，都有一個角色跟著我出現。你能從這裡找出所有的十一個角色嗎？你也能找出他們每個人各自在哪一場景出現，然後跟著我一路參觀呢？

威利
在哪裡？

電影夢工廠

尋找任務

還有很多東西
等著眼尖的威利迷找出來！

★ ★ ★ ★ 場景1 美夢成真 ★ ★ ★ ★

- 有個士兵拿著矛要叉一個三明治
- 間諜片拍攝現場中，2個打扮得像連體嬰的間諜
- 高人一等的人
- 一邊踢踏一邊演奏的樂隊
- 綠色星星圖案的大黃球
- 把演員吹得東倒西歪的送風機
- 某個甜蜜而浪漫的場景
- 1個身穿泳衣、頭戴黃色泳帽的女孩
- 8個心形的攝影器材
- 10個攝影棚的警衛
- 21個穿著條紋裝的海盜
- 3面盾牌
- 有個人踩進了水桶
- 3個擁有滑雪板的人
- 1個畫布景的人
- 1個打著紅底黃點領結的人
- 1個態度和善的海盜

★ ★ ★ 場景2 噓……，這裡在拍默片 ★ ★ ★

- 放著手錶的瞭望台
- 打結的消防水管
- 拔河比賽
- 1個四處張望的探照燈
- 脫離車子滾出去的輪胎
- 2個在抓蝴蝶的人
- 13顆氣球
- 褲子上面印有+4的人
- 7個擴音器
- 桶子漏水所留下的1道水漬
- 9隻有「四隻腳」的動物
- 15架電影攝影機
- 消防員不滅火卻澆花
- 3個踩到水果而跌倒的人
- 被斧頭截斷的水管
- 4個戴著大盤帽的消防隊長
- 火車軌道的枕木
- 3個穿著紅色上衣及吊帶褲的男子
- 2把傘

★ ★ ★ 場景3 特洛伊城裡鬧翻天 ★ ★ ★

- 5個身穿藍衣，頭盔上有紅色羽飾的士兵
- 穿著涼鞋的士兵
- 13隻真正的、四條腿的動物
- 幾名古代的交通警察
- 5個身穿紅衣，頭盔上有藍色羽飾的士兵
- 2個拿著投石彈弓的士兵
- 投降的拍片工作人員
- 5個身穿黃衣，頭盔上有藍色羽飾的士兵
- 5個拿著掃把的士兵
- 拿著方形盾牌的士兵
- 3個戴著太陽眼鏡的電影工作人員
- 3個穿著特長斗篷的士兵
- 2座相互揮手的雕像
- 3個喝著咖啡的特洛伊人
- 10枝卡在盾牌上的箭
- 1個垃圾桶
- 拿著時鐘爭論的士兵

★ ★ ★ 場景4 在沙漠中拍電影真「熱」鬧 ★ ★ ★

- 幾棵標示著年代的樹
- 12頭駱駝
- 破壞了這個古代場景的現代飛機
- 4棵揚起枝幹，看起來像在投降的樹
- 1顆前後擊中16個人的石子
- 2個躲在樹上被人搖晃的男子
- 戲服款式沒錯但顏色不對，被人叫去更換的人
- 有個騎士行進方向與其他人相反了
- 法國國旗由左到右是藍、白、紅三色，有1面錯了
- 5個穿著無袖內衣和四角褲的男子
- 幾名背對背的敵人
- 有個樂手正在演奏，但旁人都嫌吵
- 正在閱讀的1名男子
- 3個躲在駱駝底下的男子
- 某隻動物的腳踩在1個人的腳上
- 有1個男子因為錶子而舉手投降
- 卸載沙子的卡車

★ ★ ★ 場景5 載歌載舞的表演盛會 ★ ★ ★

- 胸前別了藍色花朵的舞者
- 幾名在大型水龍頭上跳舞的舞者
- 標著「$1000」的鋼琴
- 有個樂手在演奏相連的2把低音大提琴
- 頭戴高禮帽，有著尾巴的舞者
- 對著船上的N字標誌致敬的士兵
- 拿著一大截木頭的船長
- 褲子後面掛著大鈴鐺的水手
- 外套上別著花朵，舉手跟人回禮的海軍中將
- 擺滿鑰匙的鋼琴琴鍵
- 4根橘色的羽毛
- 跑錯攝影棚的士兵
- 4個真正的錨
- 1隻章魚、條鯊魚和1條魚
- 9支拖把
- 身上有錨的刺青的4名水手

★ ★ ★ 場景6 海盜洞穴奪寶大作戰 ★ ★ ★

- 躺在床上睡覺的男子
- 躺在床上但清醒的男子
- 兩隻腳各穿藍鞋和白鞋的海盜
- 帽子上有一顆紅星的海盜
- 金色澡盆
- 一條蛇
- 兩隻腳各穿紅鞋和粉紅鞋的海盜
- 衣櫃的抽屜冒出人
- 鬍子上綴有珠寶的海盜
- 2隻狗和1匹馬
- 3個真正的海盜鬼魂
- 海盜理髮匠
- 受到驚嚇的礦工
- 拿著灰色藏寶箱的海盜
- 2組粗心的地毯搬運工人
- 想偷攝影器材的海盜們
- 戴黃色帽子的海盜

★ ★ ★ 場景7 西部拓荒歷險記 ★ ★ ★

- 2個拿著紙板要畫對方的牛仔
- 舉著眼鏡向1名女士致意的酒客
- 抬起1輛馬車的歹徒
- 幾位愛鬧事的牛仔打算把城鎮漆成紅色
- 來鎮上度假的醫師
- 幾座裝戲服的衣櫃
- 戴著帽子的水牛
- 拿著錢袋的蒙面牛仔
- 在玩牌的賭客
- 2個用繩索扔手槍的人
- 女神槍手JANE
- 橫衝直撞的鬥牛郵票
- 戴著牛仔帽的義大利麵
- 1匹在畫馬車的馬
- 推車裡的嬰兒BILLY
- 向將軍行舉手禮的鎮民
- 1群蒙面惡徒組成的樂隊
- 2個牛仔互吼著：「這小鎮無法同時容納我們兩人！」

★ ★ ★ 場景8 神氣活現的神劍客 ★ ★ ★ ★

- 11名鞠躬的紳士
- 2台獨輪的手推車
- 12個噴出水的噴頭
- 一群人感傷落淚的場景
- 拿著1只特大號手套的男子
- 掉了3滴眼淚的長槍
- 掉在路上的1只手套
- 雙手戴著不同顏色手套的人
- 1頂有紅黃條紋羽毛的帽子
- 拿電風扇搧風的女子
- 1個彈來彈去的人
- 3個生氣的園丁
- 2個靠在籬笆上的劍客
- 3座人獸混搭的雕像
- 1個腳底被搔癢的男子
- 4個收到花束的淑女
- 4隻真正的動物

★ ★ ★ 場景9 恐龍、外星人和妖魔鬼怪 ★ ★ ★

- 有2隻手的手提箱
- 停在碟子上的蒼蠅
- 被人搔癢的恐龍
- 貪心的綠色外星人
- 打瞌睡的恐龍
- 停在太空中的船
- 炫耀未來知識的遠古恐龍
- 明星更衣室裡的星星
- 嚎叫得很開心的狼人
- 共有8名演員被困在不同的隕石坑
- 在星球上野餐吃三明治
- 套圈圈遊戲
- 在太空上的城堡
- 在看書的人
- 4個被火山往上噴的山頂洞人
- 沒有頭盔、手套以及靴子的太空人
- 2瓶番茄醬

★ ★ ★ ★ 場景10 俠盜羅賓漢的大混戰 ★ ★ ★ ★

- 8個穿著中世紀服裝的女士
- 為士兵帶路的小個子約翰
- 16面旗子
- 2名戴長領結的弓箭手
- 穿著女僕裝打掃的瑪莉安
- 拿著收音機的中世紀臨時演員
- 捲起袖子的治安隊士兵
- 正在油炸東西的羅賓漢同伴──塔克修士
- 盔甲裡面的夜晚
- 頭盔上有粉紅羽毛的騎士
- 諾丁漢的治安官警長
- 一手拿弓和一手拿箭卻沒在射箭的士兵
- 拿著超大盾牌的士兵
- 幾名穿錯褲子的中世紀士兵
- 被繫上大鐵球和鍊子的囚犯
- 5隻有四條腿的動物
- 21架梯子
- 7頂有羽毛裝飾的頭盔

★ ★ ★ ★ 場景11 紅毯上的電影明星 ★ ★ ★ ★

- 29盞燈
- 2個敵對的報社記者
- 全身纏滿繃帶的人
- 索取簽名的警察
- 3個牛仔
- 10顆愛心
- 6棵大椰子樹和猩猩的大手掌
- 套上小鳥頭罩往下看的觀眾
- 在手掌心上觀看的群眾
- 某個穿著新洋裝的女名人
- 打一個叉當作簽名的人
- 2個太空人
- 拿著響亮的鬧鐘睡覺的觀眾
- 形狀彎曲的望遠鏡
- 特別長的吸管
- 4個戴著太陽眼鏡的名人

★ ★ ★ 場景12 威利表演歌舞秀 ★ ★ ★ ★

- 毛衣條紋順序顛倒的威利
- 金色頭髮的威利
- 臉上長了鬍子的威利
- 沒穿鞋子的溫達
- 戴了遮光眼鏡的威利
- 臉上沒有鬍子的奧德
- 毛衣條紋比別人多的威利
- 幫兔子吹毛的美髮師
- 帽子上沒有毛線球的威利
- 牛仔褲上沒有口袋的威利
- 戴眼鏡的白鬍子巫師
- 「威利的劇本」在讀劇本
- 調音員
- 拿藍白條紋傘的溫達
- 有個拐杖自己會走路
- 2個白鬍子巫師臉上沒有鬍子
- 沒有戴眼鏡的威利
- 有個奧德戴的帽子上面沒有毛線球
- 金色頭髮的溫達
- 有個威利戴的帽子上的條紋顏色是顛倒的
- 沒戴眼鏡的溫達
- 戴了紅色帽子的白鬍子巫師
- 有個汪汪戴的帽子上的條紋顏色是顛倒的
- 戴著威利眼鏡的溫達
- 有個威利對另一個威利搔癢
- 沒戴毛線球帽的汪汪
- 裙子沒有口袋的溫達
- 把拐杖拿顛倒的威利
- 有個汪汪戴的帽子沒有毛線球
- 戴遮光眼鏡的汪汪
- 有個溫達背對我們站著
- 穿藍白條紋毛衣的威利
- 沒戴毛線球帽的溫達
- 沒戴遮光眼鏡的奧德
- 在跳舞的白鬍子巫師
- 有個威利背對我們站著
- 戴了毛線球帽的白鬍子巫師
- 戴了藍白條紋毛線帽的汪汪
- 2個有棕色鬍子的白鬍子巫師
- 有個溫達戴的帽子沒有毛線球
- 有個威利戴了2頂毛線球帽

★ ★ ★ ★ 回到最開始的地方 ★ ★ ★ ★

你有找出威利、他所有的朋友，以及他們遺失的東西嗎？除了最後場景以外，你找出了每個電影場景裡的神祕角色嗎？還有一件事，在某一頁裡有個威利迷頭上戴的帽子掉了毛線球，你能找出是哪一個威利迷，並把毛線球找回來嗎？

別走開，遊戲還沒結束。翻回到第1頁，仔細觀察那些金色的威利獎盃。其中有10個跟其他的獎盃不一樣，你能找出來嗎？

★ ★ ★ ★ 極大挑戰 ★ ★ ★ ★

這一頁電影膠卷孔洞裡的每張臉孔，在這本書裡的某一處是彩色的，你能分別把他們從那些場景找出來嗎？但這當中又有10個在其他地方都沒有出現過唷。最後的挑戰來了，有些在電影膠卷孔洞裡的臉孔，你能找出是哪些角色，而他們每個人各自出現幾次嗎？

威利
在哪裡?

電影夢工廠

放映結束